回転ドアは、順番に

穂村 弘　東 直子

筑摩書房

目次

回転ドアは、順番に

穂村 弘

東 直子

1

遠くから来る自転車を

❈遠くから来る自転車をさがしてた　春の陽、瞳、まぶしい、どなた

✣

夢をみていた。

夢のなかでぼくは自転車に乗っていた。
道の上に黒いものがたくさん落ちている。
サングラスだ。
さまざまな形の無数のサングラス。
これを踏まないように走らないとたどり着けないのか、
と思って気が遠くなる。
だが、ゆかなくてはならないのだ。
ぼくは、
目を閉じて、
自転車のペダルを漕ぎ出した。

❖今年はじめての素足サンダル。
風がふくと、ほんのり鳥肌がたつ。でも、これが気持いいんだよね。
豆腐を買いに、ほうきを買いに、ライチ・リキュールを買いに、
淡いみずいろのサングラスをかけて。

今日、好きになる色をそうぞうして目を閉じる。
眼がすずしい。
ん、なんの音？　なんのひかり？

✣日溜まりのなかに両掌をあそばせて君の不思議な詩を思い出す

✣

なんだかどきどきする夢から覚めて、
あわてて服を着て郵便局へ。
今日は「ブラック・ジャックとピノコ」切手の発売日なのだ。
ああ、でもこのドアが苦手なんだよな。
ふっ、はっ、と回転ドアの前でタイミングをはかってたら、
みずいろのサングラスのひとがしゅるんと出てきた。
嬉しそうに「あっちょんぶりけ」と呟きながら。

日常は小さな郵便局のよう誰か私を呼んでいるよな

❖回転ドアに入れないかわいそうな人がいた。

あ、って思ったのであ、って言ったら、
むこうの人もあ、って思ったのか、あ、って言った。
それから、なんだか気まずい沈黙。
あ、あれは、
とその人は言った。
いいよね、
と。
あれはあれのことかな、と思いながらあいまいに、ええ、
って言っちゃった。

見詰め合うふたりの影の真ん中にちろちろちろちろちろちろ水の影

✣ お風呂の中で眼をつむって、
回転ドアの空間にぎっしりと詰まった無数の「僕」たちのことを考える。

「むつかし～」
「むつかし～」
「むつかし～」
「横の、普通のドアから入ればよかった～」

ああ、「僕」は無事に戻ってこられてよかった。

✣

星たちが歌いはじめる　水圧でお風呂の栓がぬけない夜に

❈ フェリーニの『8½』は、わたしの映像付き子守歌。
つかれたときはこれを流したままねむる。
記憶のなかでなにかが踊り出す。
踊って踊って踊って踊って、ぼろぼろになるまで、
夢と今のあいだの世界が踊る。
そのなかに真昼のにおいと真夜中のにおいがまじりあう。

❈

たくさんの光の中で会えたこと　ハロー　ハロー　声おくります

✣

自転車のベルがころころ転がってきて驚いた。
車道に出そうなところを捕まえて渡したら、「ありがとう」って。
それから「よかったね」って自転車に。
変な子だったな。
にこにこして、前にどこかで会ったっけ？
嬉しそうに自転車に話しかけてたけど、大丈夫なのかね。
2001年近所の旅、とかなんとか。
そりゃただの「散歩」だろって。
きらきらしてたな、猫っ毛が。

眩しくて　何も言わないゆびさきに触れる理由を考えていた

今日出会ったひとにおやすみを
今日出会えなかったひとにもおやすみを
わたしの花におやすみを
冷蔵庫のクリームシチューにおやすみを
隣の松田さんちのいそぎんちゃくにおやすみを

いい夢みるんだもんね。

あ、じてんしゃ、みずのみばにおきっぱなしだ。
あしためがさめても、おぼえていますように。。。

❈

目の奥に夜をおさめてやさしかった真昼のことを胸にとかした

✣

あー、ねむれん。

きらきらが、気になってねれん。

思いきって、書いてみようかな。

手紙。

あの子に。

心臓がとろけるような、スイート・ラブレター。

「ピノコ」の切手を貼って。

あ、でも、住所がわからない。

あと、あれ、なんだっけ、あれ。

えーと。

んーと。

あ、そうそう、拝啓だ。

拝啓、拝啓。

うー、緊張する。

✣

天沼のひかりでこれを書いている　きっとあなたはめをとじている

❈

完璧な短い手紙届けられなにごともない朝の木漏れ日

✣

拝啓　ブルドッグソースってしってますか。
あれ、変な名前ですよね。
どうしてソースがブルドッグなんだろう。
瓶にはちゃんとブルドッグの顔の絵まで描いてある。
これをみても、
食欲はそそられないと思うんだけど、
きみは、どう思いますか。

敬具

✣海で洗ったひまわりを贈る　未発見ビタミン的な笑顔のひとに

❖前略

あついですね。

きのう、海をみました。
海がみえたとき、じぶんのからだが遠くなりました。

あの。
びっくりした、思いきり、元気のないひまわり。
うけとりました。
うれしかった。

砂浜にたくさんの犬のあしあと。
ここは犬の惑星です。
くるる、くるる、こめかみがすこしいたくて、すこし元気です。

草々

2　青空くさいキスのはじまり

❖ 雲を見て飲むあついお茶　わたしたちなんにも持たずここに来ちゃった

✣「大事な話があるんだけど」

「なに？」

「俺、こないだ手紙に『ブルドッグソース』のこと書いたでしょう」

「うん」

「あれ、間違いだったんだ」

「え？」

「あれ、正しくは『ブルドックソース』だったよ」

「え？　え？」

「いや、だから『ブルドッグ』じゃなくて『ブルドック』だったの、正式名称」

「ブルドック……？」

「うん、でも瓶に描いてある絵は『ブルドッグ』なんだよ」

「……」

「……」

「……」

「……」

「あ、ほら、あの雲」

「ほんとだ」

「凄い……」

✣ いつのまに消火器にガム張りつけて青空くさいキスのはじまり

❈

遠い遠いむかし、海の底で愛しあった夫婦がね、いたんだって。
どんな生き物だったんだろうね。
人魚は、はじめて青空をみて、あんまりびっくりしたから人間に恋をしたのかな？
遠い先祖は、星からきたひとだと思ってる。いつか、わたしたちをひきとりにくるの。
わたしたちが世界で一番ふさわしいとしたら。

キイテイイデスカ？
キイテイイデスネ？
ＣＱ、ＣＱ、ブルーベリーガム、イカガデスカ？

花ひとつ光においてながいながい昼寝のためにくちづけている

✣ ぼく、舌、ながいんです。
1メートル3センチあるの。
キスしても、気づかなかったでしょう?

✣

相撲取りの手形にてのひら当てながらサイダー頼む夏の食堂

❈（その舌の中にわたしの第二臼歯も隠してほしいのだけど。
　いつかゆっくりあなたの中にとけてゆけるように）

相撲取りのてのひらのしわをみつめていると、地図にみえてくるね。
え？　みえない？
じゃ、手を出して。

なんでてのひらにサイダーかけるんだよ。
あ。

泡が消えるまでに、
つめたいうちに、
しゅっ。

❈ 風鈴の似合う青空ひつようなものはたったひとりの瞳

✣ 第二臼歯ってどんな歯だろう。
「臼」って「白」とはちがうんだよね。
「白」に消しゴムを一回、すーっとかけたみたいな、
変な漢字だな。

そんなことを考えながら、
いつのまにか、
ねむってしまったらしい。

目が覚めたとき、
あたまがぼーっとして、
なんだかてのひらが甘い匂いなんですけど。

なんかした？
俺のてのひらに。

なんかした？
俺に。

✣ サンダルをおとしちゃったという叫び声を笑って海風のなか

靴のなかにとじこめていた声が水のようにふきだす。
おーい、わたしは、裸足です。
きこえてる?

赤い紐のサンダルがひとつ海をわたってゆく。
ゆうかんなサンダルが海をわたってゆく。
わたしと道のすきまにさっきまでいた、赤い、サンダル。

おーい、わたしは裸足です。

ねえ、このまま泳ぎにいっていいかな?

✣ズッキーニ翳りつつゆく海沿いの道に輝く電話ボックス

❈そっちひっぱって。
ここ掘って。
うん、じょうず、じょうずよ。
外海の波は乱暴で野蛮で、
だいすきだって、
のしかかってくるみたい。

だれもいない。
だれもいないね。
遊泳禁止じゃないけど、
だれもいない。

ひりひりする、
とつぜんのたくさんの陽は。

あなた、しろいね。

✣震えながら海からあがるもういいやモスバーガーに眠りにゆこう

3

月を見ながら迷子になった

❈くしゃくしゃのシャツの男と夏の月見上げておりぬ　船はまだですか

✣いいでしょう。
このシャツ。

ラルフローレンだよ。
ラルフローレン。
相模原の小学校でおんなじクラスだったの。
ぼくが花壇委員で。
ラルフが牛乳委員。
あの頃から牛乳好きだったなあ、ラルフ。
将来は牧場やりたいって言ってたけど、
体が弱くて、結局、
ファッションデザイナーになったんだよね。
いいでしょう。
このシャツ。
かわいい牛のマーク。

✣ 終電を見捨ててふたり灯台の謎を解いてもまだ月の謎

❈ 洋服の胸にもようをつけたがるのは、
気持を封じるためなんじゃないかな。

《最終列車が通過いたします》

あ、ひかり、ひかりがいっちゃうよ。
あれは朝につづいているんだよね。

終電のあとに別のひかりをつれてきてくれるのは終電もどき。

山の上の燈台でコンビニの牛乳を飲もうよ。

乾杯。

❖膝たててふたりは座る真夜中のきれいなそらにしみこむように

✣きみのひざ。
きみのくるぶし。
きみのかかと。
きみのすね。
きみのふくらはぎ。

ぼくはむかし、
ふくらはぎのことを、
むこうずね、だと思ってたんだ。
だって、
すねのむこう側だから。

でも、
ちがったんだよ、
それは。
きみのむこうずね。
すべすべ。

✣

月を見ながら迷子になった　メリーさんの羊を歌うおんなを連れて

❈わらっちゃうくらい天気がよくて、わらっちゃうくらいまずいカレーを食べて、わらっちゃうくらい行くあてがなくて、わらっちゃうくらいはじめての道。

ねえ、どこにつながってるの、この夜は。

永遠の迷子でいたいあかねさす月見バーガーふたつください

✣お、
交番、はっけん。
やったね。
道を訊こう、道を訊こう。
すみませーん。
道はどこですか？

✣夜の海に向かってきみが投げたのはハンバーガーのピクルスだった

✣観覧車昇るよきみはストローをくわえて僕は氷を噛んで

❈たどり着いた場所は、観覧車だった。
夜の観覧車は無数の光をまとったまま、ねむっている。
観覧車の付け根に手をあてたら、赤いペンキがはらはらこぼれた。
手をあてたまま、ねえ、動きますか？　と訊いたら、ウゴキマスヨ、と答えて、
観覧車はゆっくりと動き出した。
あわててドアをこじあけて、わたしたちは乗り込んだ。

ねえ、うかぶよ、うかぶんだよ、夜に。

隕石で手をあたためていましたがこぼれてしまうこれはなんなの

✣
観覧車から降りたぼくたちは裸足だった。
観覧車から降りたぼくたちには名前がなかった。
観覧車から降りたぼくたちはひかりかがやく大きな石をみつけた。

✣
隕石のひかりまみれの手で抱けばきみはささやくこれはなんなの

✣

短い髪を撫でている　狼の糞てんてんと輝くゆめに

❈それで
それでも
それでもね
それでもね、それで
それでもね、それでも
それでもね、それでもね……

狼に育てられた姉妹の名前は。

きいて。
耳を貸して。
わたし、そのひとりだった気がするの。

❖

夜明け前流星の降る国に着く「あなたの声が安らかならば」

✣

泣かないで。
もう、泣かないで。
これ、あげるから。
これ、ふつうの碁石じゃないんだ。
いつか、カレーライス食べてたら、そのなかから出てきた。
歯が欠けそうになっちゃった。
すごい碁石なんだ。
あげるから。
泣かないで。

❈

碁石、って好き。
まるさがあたたかくて、きれい。

いちどあなたの身体にふれたものは、あなたのにおいが消えないね。
一日中ねむらないでいた身体がへんな動きをはじめる。
わたしたちは器械だ、雫する、器械だ。
ね。

水を飲むあなたの咽喉が動くのを見ていた朝が焼けついていた

✣ 血液型刻んだプレート握りつつ　始発電車に河のきらめき

✣ 映画すき?
すきよ。
血液型ある?
あるよ。
なに型?
エイビー。
さかだちできる?
うん。

スプーン曲げられる？
うん。
きみはぼくの女の子？
うん、え？
ねむいの？
うん、あふ（あくび）。

❈花束の花が次々枯れてゆく抱き合ったまま朝をゆられて

4

恋人のあくび涙

✣夏帽子のなかの果実や傾いた電車の窓に海がひろがる

❈始発電車からおりたら、暑い朝の国にいる。
つめたいのみものを一緒にのんだら、瞬間的に同じ身体になれる気がする。

暑い暑い朝をねむって、
目が覚めたら、
夕方でも、おはよう。
夜でも、おはよう。
あたたかい生き物、おはよう。

❖ゆびさきの温みを添えて渡す鍵そのぎざぎざのひとつひとつに

（すべてをしりたくて、しらせたくなる）

✣

プリズムのような真夏のフェラチオとボールペン文字の手書き表札

（書き順はめちゃくちゃ）

❈

くちびるでなぞるかたちのあたたかさ闇へと水が落ちてゆく音

（床にやわらかい光が反射するように）

✣

熱帯夜全身汗にまみれつつあろんあるふぁを指環に墜とす

（宇宙空間で泳ぐ、中指）

❈

空よそらよわたしはじまる沸点に達するまでの淡い逡巡

（きれぎれの声）

❖

わらう鳥わらう神様わらう雲チャックゆるくてふきだす涙

（あなたがやわらかいやさしい痛みになる）

❖

だれも知らない場所に溜まっている水にその直前の、あ、がとどいた

（宇宙空間で泳ぐ、わたし）

✣

回転木馬泡を噴きつつ眼を剥いて静かに止まる夏の沸点

（目の前で燃えている太陽）

❈

あしのゆびぜんぶひらいてわたしからちいさな痛みはなたれてゆく

（ココチヨイのすべてがしみている）

❖鶴女房の呼吸のはやさ夏空にシーツは香りながら乾きぬ

✣くだものはなにがすきですか。
すいかがすきです。
なしはどうですか。
なしもすきです。
ももはどうですか。
ももすきです。
キスはどうですか。
キスはくだものじゃありません。
ちがいますか。
はい、でも。
でも?

キスもすきです。

✣恋人のあくび涙のうつくしいうつくしい夜は朝は巡りぬ

5

虹になんて謝らないわ

✣「太陽がアイスクリームを殺した」と嘘つきの唇が甘くて

❈ぬるい。
このアイスクリームぬるいよ。
ね、あれ、ごきぶりじゃない。
ごきぶりだよ。
ごきぶりなんだよ。
殺してよ。
殺せよ。
や。

なんで。
殺せよ。
殺してよ。
ぬるい。
ますますぬるい、アイスクリームの。

✣
食卓にTシャツ投げて睨み合う　風鈴の音だけがきこえる

✣

ノースリーブ着るなっていっただろう。
人前でなまえにくんづけすんなよ。
目玉焼きにソースかけたら食えないんだよ。
それからきみの枕のなかにいる小さなうるさい奴らをなんとかしてくれないか。
かりかりかりかり。
うるさいんだよ。
なんかいるだろう。
かりかりかりかり。
うるさいのが。
なんか。

✣

手首より時計奪ってらんらんと熱湯そそぐおまえのこころ

✣おれわおまえわきらいだと告げられて腹話術師はなみだを流す

❈増殖してふくらんでたちあがってなにかを言いだす。

なにか、ちがうもの。

ちがうもの。

あなた、ちがう。それ、ちがう。ちがうちがうちがうちがうぜんぶちがう。

わたし、ちがう。増殖してふくらんでたちあがってどんどんふくらんで、もういっぱい、
ぜんぶちがう、なにかが破裂する。

✣ ゆめのなかでは十二羽の鳩である一人のひとを殺し続ける

❉ 虹になんて謝らないわ黒土に汚れた素足こすりあわせて

✣ 冷蔵庫の牛乳が腐りかけているね。
冷蔵庫の卵も腐りかけているわ。
腐りかけた牛乳と腐りかけた卵を混ぜると、
ほーら、
腐りかけたミルクセーキのできあがり。

✣ 完全にだめだと思う生きている夜の海には朱肉の匂い

✣プリズムを囓れ鼠ら！　消えよ恋人！　おまえだけが邪魔なのだ

❖なげる。
ひっくりかえす。
むしかえす。
こわす。
さける。
くだける。
われる。
ちぎる。
とびでる。
とびちる。
ひるがえる。
ひきがえる?

濁点、濁点、濁点、濁流、濁点、濁点、濁点。濁音、濁点。

窓越しの愛が届いて泡立てたたまごのなかでふるえておりぬ

フジテレビ局から。
おおおおれをあああああやつろうとする電波（強）が届く。
おおおおそろしい。
ああああやつられるものか。
身を守るために。おおおおれは。
窓という窓に銀紙を貼った、
銀紙はフジテレビ局の電波））））を通さないから。
銀紙はすてきなのだ。
ああああいしてる、
ああああいしてる。
ああああいしてる、

❖自転車に鍵をかけたらもうここにもういられないなくしたんだもの

❖すきまなくうまってゆくじかんは、
水みたい。
水のうえにたっている。
こわい。
でも、
どこにいてもとどくんだね。

❖喧嘩喧嘩セックス喧嘩それだけど好きだったんだこのボロい椅子

✣金庫の扉をあけると、
なかには機関車トーマスのお面がふたつ入っている。
ひとつを相手に渡し、
ひとつを自分がかぶる。
ひとりのトーマスがドアから出てゆく。
もうひとりのトーマスは椅子に腰掛けたまま。
（暗転）

6

SHOCK RESISTANT

❖ 海水に文字盤にじみ暗闇はひとりびとりのはるかな匂い

✣ 文字盤に輝く WATER RESISTANT SHOCK RESISTANT LOVE RESISTANT

❈

真夜中に、時計が止まっているのをみつけた。
電池、どこかな。これ、単三？　単四？
ねえ、時間ある？
わたしたちに時間ある？
時間くれるよね、もっと、たくさん。

一緒にいてもさびしくない時間を。

わからずや風にくちびるとがらせる　ふうふうあついお茶飲みながら

✣ 両膝をついて抱き合う真夜中のフリーザーには凍る食パン

✣

時間、あるよ。
夜中にいっしょにお茶を飲む時間。
お茶をふうふう冷ます時間。
猫舌だなあってあきれる時間。
猫ってほんとに猫舌なのかなって考える時間。
きみの寝顔をみている時間。
時間、あるよ。
時間がながれると、
朝がきて、
きみは不思議そうに目を覚ますんだ。

ひまわりの擬態を一晩したままであなたを待っていました　ここに

夜のあいだじゅうずっと思っていたことを、
朝のひかりがゆっくりと消してゆく。
目を閉じようと思えば目を閉じられること。
目を開けようと思えば目を開けられること。
そんなふうに、気持のままにすべて動いているのだよね。
ひまわりがひかりの方にゆっくり顔をあげるのも。
強すぎるひかりに、しずかにうつむきはじめるのも。
ここで動かずにいることも。
ここにいて、よかった。
夜がきれい。

窓という窓から月は注がれて　ホッチキスのごとき口づけ

✣錆びた窓枠に凭れてジェット機の灯りをきみはスプーンで指す

✣カレーライスを食べ終わったきみが、
スプーンで、
夜空をひょいっとすくって、
ぱくっと口に入れた。

「なに、食べたの？」

「飛行機」

「おいしいの？」

「うん、ピクルスっぽい」

❖ジェット機のつばさのかたちなぞりつつあなたは海がこわいと泣いた

冷蔵庫の扉を細く開けたままスリッパのまま抱き合う夜は

❈

「のど、かわいた」

「なんか、のむ」

「うん」

「え？」

「そう」

「……………」

「これ、のみものじゃない」

「あ」

「まちがえた」

「かゆくない？　かゆいとこない？」

「ここ」

「……………」

「ここね」

カマンベール・チーズしずかにとけてゆく脈打つ皮膚を布につつんで

✣

「おなか、へった」

「なんにも、ないよ」

「…………」

「…………」

「パンは?」

「凍ってる」

「チーズは?」

「溶けちゃった」

「…………」

「食べていいよ」

「え」

「食べていいよ」

「なにを」

「食べていいよ」

✣背に文字を描けばくすくす読み上げる　チ、キ、チ、キ、マ、シ、ン、ぜんぜんちがう

❈ね、目を閉じて。

これから書くこと、あてててね。
くねくねしないで、じっとして。
あーだめだめ、そうゆう邪念があるとだめなの。
じっとして。
息をとめて。
感じて。

せーの。

(バイクが遠ざかる音がした)

ね、わかった?

✣ 屋根裏に月光充ちてきみもぼくも天才腹話術師の如し

7 うわごとで名前を呼んで

微熱のひとのひとみに映る流れには何が浮かんでいるのと訊いた

❈水銀計であなたを計る。
長い時間をかけてしっかりと計られた正しいうつくしい体温。
陽にかざすと、ときどきみえなくなるそのしるし。

でもあなたの身体の中はみえない、さわれない。
なにが入ってきたのかな。
なにがおこっているのかな。
熱い。熱い。寒い。熱い。熱い。痛い。熱い。熱い。
痛い。熱い。溜息。熱い。熱い。歪む。熱い。寒い。

熱い。

✣ 夏掛けに鶴乱れ飛ぶあかときのいんふるえんざは外国の風邪

✣ あたしいま、もうれつにしたいことがあるの。

✣ やさしくてあまくくるしいあのゆめは柑橘類の戦争だった

✣
キリン様のお首はとてもながくてお口にくわえていらっしゃる眼鏡がとても遠かった。
キリン様キリン様眼鏡を返してください、
とお願いしても、
お耳も高いところにあるので、
わたしの声など届くはずもなく。
眼鏡のないわたしはお家に帰ることもできず、
柵にもたれたまんま。
やがてキリン様のお目が光りはじめる夜がやってくる。

✣
俺の熱　俺のうわごと　俺の夢　サンダーバード全機不時着

❖うわごとで名前を呼んでくだされればゆきましたのよ電車にゆられ

❈

さいきんの電車はやわらかいね。
やわらかいよね。
なのにあなたは、とてもかたいね。
さいきんの電車じゃないね。
もっとからだがやわらかくなりますように。
その斑点がうつくしくありますように。
ほんとうの青空が生えてきますように。
ほんとうのあなたがここにいますように。
今日がほんとうでありますように。

8　が、生まれた日

✣ バラ色の目ぐすり沸騰する朝　誰かのイニシャル変えにゆこうか

✣ 舗道に、
街路樹の影が揺れている。

きみは目を細めてそれをみている。
犬がくる。
犬のしっぽ。
犬のしっぽの影。
きみは目を細めてそれをみている。

犬のしっぽの影、どう?
と、ぼくは訊く。

くるん、としてる。
と、きみは言う。

ぼくは目を閉じて、
それからゆっくり目を開ける。

結婚しよう。

❀うん、と言うときに生まれたあたたかい風にふくらむわたしのマリモ

❈今、湖の底にいた。
瞬間、ふたりで。
そこで、こころの犬笛を交換した。
いつでも呼ぶから、
いつでも呼んで。
なんてね。

うん、一緒にいたい。

✣

お天気だから、ドレス、買いにゆこう。
ウエディングドレス屋さんってどこにあったっけ?
郵便局の本局の裏にあったのは、あれはちがう?
飾ってあったの、みた気がするよ。
色は?
白?
サイズは?
S?
ま、いつか。
さあ、ヘルメットもって。
買いにゆこう。
ウエディングドレス。

二人乗りのスクーターで買いにゆく卵・牛乳・封筒・ドレス

✣ トマトジュースのグラス掲げてウエディングドレス溢れる廊下を泳ぐ

✣こーぼーれーるー。
おーぼーれーるー。
ちーかーいーまーすー。

✣ くちづけは暴走族の落書きのまるで読めない漢字の前で

❖ ちかいます。

目を閉じるとすべてが青くなる。
人の声がさざなみになる。
わたしたちはひとつの星のなかにいる。
この身体に水がさかのぼる。つきぬけてゆく。

✣ウエディングベール靡かせゆくものは海を夢みるまいまいつぶり

❈ 淡水パールはずした胸をしんみりと真水にさらす　月はきれいね

✣ 月はきれいね。
と、
あなたは言った。
ぼくはうなずく。
月はぼくらの名前をしらないけれど、
全身にそのひかりをあびて、
ぼくたちは、
目をつむる。
目をあける。
わらいあう。

イニシャルをひとつ分けあって、
ぼくたちは、
ここに、
いるんだ。

❈きっとここにいて下さいね喜びに湯気がたつほど湯をわかしつつ

❖

カルデラ湖に熱き水涌く真夜中のこころはとてつもなく奪われる

❖カーテンの向こうは朝なのかな、昼なのかな。
光がすけてるね。

わたしたちいま、
おなじ布をとおした、
おなじ光をみている。
あたたかい闇のなかでは、
指をくみあわせている。
そこから、うれしい。

❖水かきを失くした指をたまさかに組みかわすとき沁み合うものを

❖ 受話器から小さな泡のような声セミ飛ブ森イテドコカラモ好キ

✣ 森の中に、
わたしは立っていた。
真っ白いバスローブをきて、
鼻血を出していた、
熱いものをぽたぽたと胸にこぼしながら、わたしは、
名前を呼んだ。

9

空転の車輪

指先が離れてしまう　きらきらと四ッ葉のクローバーの洪水

真。っ赤。な4
4
4。
4444444444444444ツ葉、
の、
4
。
赤

空転の車輪しずかに止まっても死につづけてる嘘つきジャック

❈イニシャルのかけらがわたしの足許におちていた。
わたしはそれを拾った。
ふりかえると、空が白く遠ざかっていった。

❈つぶしたらきゅっとないたあたりから世界は縦に流れはじめる

手術台でブルーベリーの口移しめざめるめざめるめざめるために

✣

め。ざ。め。ざ。め。
ざ。る。
め。　る。
ざ。　　る。
め。　　　る。
　　　　　る。
　　　　　　な。

✣純白の輝く繭に包まれてねむりつづける〈出発時刻〉

❈きこえますか?

きこえてるよね。

あのね、空がね、今、台風でね。

でも、大丈夫、目がここにあるみたい。台風の目。

ね、みえる? 今日はいちだんときれいだよ、空。

そうだ、それから、あした、歯医者さんにいかなきゃ。

予約してたの。虫歯が痛いって、言ってたでしょう。それでそのあと、セブンイレブンのバニラビーンズ入りのソフトクリーム食べて、虫歯が治ったかどうか、試すって、言ってたよね。バニラビーンズ、こないだ覚えたんだよね。

いかなきゃ、わたしたち。

起きて。

✣（いちばん近い消火器までの距離×虫歯の数）にて永遠に待つ

運ばれることの無心に揺れている花と滴とあなたの鎖骨

✣ 夢をみていた。

夢のなかでぼくは自転車に乗っていた。
道の上に黒いものがたくさん落ちてるる。
サングるスだ。
さまざまる形の無数のサングるス。
これを踏るないよるに走るないるたどり着けるるのか。
と思っるるが遠るるる。
だる、ゆるるるるはるるるいるる。
るるる、
るを閉るる、
るるるるるるる漕るるるるる。

❖ 完全なあなたでしたと薬品の並ぶ廊下に抱きとめられる

・・・・・・・・・・・・・・・・・・・・・・・・・。

❖ そらふかくきこえるよほらきこえるよわたし耳から凍りつきそう

❈

いない。
あなたがいない。
ひとり？
いま、わたしひとり？
せかいにたったひとり？

✣ガードレールを飾る花束《ブーケ》の色まるでわからない月の光に濡れて

ぐにゃぐにゃのガードレールによりかかりちいさく歌う薄きくちびる

（隕石で手をあたためていましたがこぼれてしまうこれはなんなの）

✣
（観覧車から降りたぼくたちは裸足だった）
（観覧車から降りたぼくたちには名前がなかった）
（観覧車から降りたぼくたちはひかりかがやく大きな石をみつけた）

✣
（隕石のひかりまみれの手で抱けばきみはささやくこれはなんなの）

❖ 「洪水の中であなたはなにもかも失ったのよ」写真は笑う

❖ 卓上に花嫁座りそのゆびがうつろに触れる小さなボタン

❖ うつくしい頬うれしそうに悲しそう飛沫が消えるきえるあなたは

❖ 緑赤、赤赤緑、見えません　砂にめりこむ砂の足跡

10　ささやいてください

❖引き潮の浜にめざめし輝きはうすき写真に封じて床に

❖あなたの内ポケットに写真が一枚入っていた。
そうだった、いたんだ。
あのとき、朝までいたんだよね、海のみえる場所に。

わらっちゃうくらい天気がよくて、わらっちゃうくらいまずいカレーを食べて、
わらっちゃうくらい行くあてがなくて、
わたしたち、迷子だった。

ずっと迷子でいたいって、思ってた。

✣ 揺り椅子にまどろむひとの手のなかに輝く海の写真の束

❈たいせつな写真が濡れてゆく夜を奏ではじめる小さな心臓

✣

（泣かないで。
もう、泣かないで。
これ、あげるから。
これ、ふつうの碁石じゃないんだ。
いつか、カレーライス食べてたら、そのなかから出てきた。
歯が欠けそうになっちゃった。
すごい碁石なんだ。
あげるから。
泣かないで）

❖生まれた日のことを、少し話すね。
覚えていないだけで、その日はたしかに、ありました。

❖気持が生まれた日。
願いが生まれた日。
楽しいが生まれた日。
おかしいが生まれた日。
うれしいが生まれた日。
かなしいが生まれた日。

なんでもないが生まれた日。
ずっと一緒にいたいが生まれた日。
ずっと楽しいが生まれた日。
ずっとうれしいが生まれた日。
ずっと…………が生まれた日。
無数のずっと、が、生まれた日。

❖ 砂糖水煮詰めて思う生まれた日しずかにしずかに風が吹いてた

❈ ささやいてくださいい春の光にはまだ遠いけどきっと遠いけど

✣（ああ。
夢か。

よかった。
まだどきどきしてる。
天使とオセロをする夢。
天使はあんな顔して角っこをとるのがうまいんだ。
待って、
って頼んだのに、
微笑みながら首を振って、
きいてくれなかった。
あんなにリードしてたのに、
ぱたぱたとぜんぶひっくりかえって、
真っ白になっちゃった。
こわかった。
夢か。
よかった。
まだどきどきしてるよ。
ほら)

❖強い夢見続けている春の午後　子供が砂場ぬらしておりぬ

❖ドアをあけると、背中がみえた。
椅子に座っていて、ぜんたいに光をまとっていて。
またへんなこと言ってる。

食べられないよ。
やだ、だからもう、食べられないよ。
え？　ちがう？
ね、なんて言ったの？

よく聞こえない。
わからない。
ちょっと、こっち向いて。
ちゃんと裏返ってよ。

名前を呼ぶよ。
名前を呼ぶよ。
ほんとうに、ほんとうの名前を呼んじゃうよ。
名前を呼んだら、かえれなくなるよ。

名前を、はじめてしった日に。

✣ジャムパンにストロー刺して吸い合った真夏遥かなファーストネーム

めざめたら全部忘れていた鳥をつれてあなたのひかりのなかに

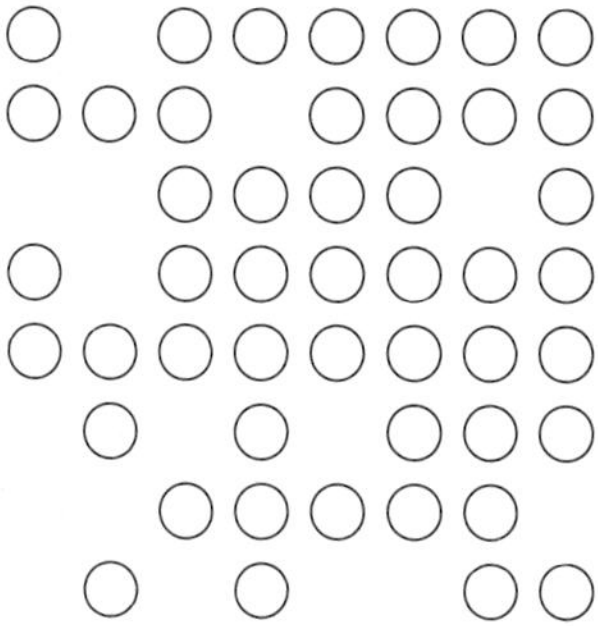

歩くなら一人がいいの青空に象のこどもがうまれたように

おはよう。
今、こちらは、朝です。
生まれたての今日を、歩いています。

ゆうべ少し降った雨が、空気にとけていて、音が遠くから近くからひびきます。
清潔な音だな、と思います。

わたしたちの身体は、どのくらい同じ時間をすごしたのだっけ。
わたしたちを動かしていたものは、なんだったのかな。

いちどあなたの身体にふれたものは、あなたのにおいが消えないね。

ねえ、蜘蛛の巣があるよ。
露をびっしりまとって、それがひかりをはねかえして、とてもきれい。
ここに棲んでみたいよ。
じょうだんでもかまわないから、あなたと、あなたのにおいと。

ありがとう、時間。
おはよう、時間。
さようなら、あなたの身体。

日溜りのなかに両掌をあそばせて君の不思議な詩を思い出す

デ

ユ

ネ

ジ

ク

ン

テ

シ

ヤ

❈ 遠くから来る自転車をさがしてた　春の陽、瞳、まぶしい、どなた

あとがき

好きな女の子とふたりで部屋に入って、鍵をかけると、胸がどきどきして息苦しい。

手足はぎくしゃくとして、あらぬことを口走る。

山岳小説によると、八〇〇〇メートルを超えた高地でもよく似た現象が起きるらしい。

そうなると靴紐を結ぶのに三〇分もかかるという。

おそろしいことだ。

恋はおそろしい。

だが、それらはみな私の苦手な現実世界の話である。

言葉の世界ではすべてが自由なのだ。

現実世界ではあがり症の私も言葉の世界では自然に笑える。

現実世界ではオートバイに乗れない私も言葉の世界では恋人を後ろに乗せて走れる。

現実世界では一車輌にひとりは似たひとをみるといわれる平凡な私も言葉の世界ではアラン・ドロン。

現実世界では回転ドアが苦手な私も言葉の世界では回転ドアが苦手（おんなじか）。

現実世界では友達の東直子さんも言葉の世界では恋人（！）。

いざメールのやりとりを始めると、ふたりの言葉は激しく加速してからみあっていった。

ぬるぬるきらきらした世界のなかで、自分が誰で相手が誰だかわからなくなってゆく。

東さんってこんなひとだっけ？

ここはどこで、ぼくたちは何をしているのか。

どこへゆくのか。

わからなくて、とても楽しい。


メールの一往復ごとに熱く精密なコメントをくれた二宮由佳さん、どうもありがとう。

おかげでなんとか、たどり着けました。

穂村　弘

二〇〇三年　六月六日

あとがき

メールで短歌をつけあおうよ、と穂村弘さんに声をかけたのは何年前のことだったかな。歌を連ねていくから「連々歌」と名付け、歌を送りあいました。
穂村：こんにちは、ほむらです。毎日、納豆をたべています。
東　：納豆はいいよね。辛子入れて。今日は家に帰ると座る暇もなくオムレツをつくりました。トウモロコシも焼いて食べました。
穂村：とうもろこしおいしそうだな。原稿がやばいの。ええ。プリンタと電話と眼鏡と革ジャンとコートが買いたいのに時間がない。
東　：今日留守電に口笛が入っていました。だれだろー。
こんな、日々の他愛もない会話とともに、ひょろりん、と送信して、最終的に何百回往復したのかな。

俺の眼を覗く警察官の腰周りに黒いものがいろいろ　弘
覗く夢にとらわれたままこいびとの傾く椅子に涙をとかす　直子
揺り椅子にまどろむひとの手のなかに輝く海の写真の束　弘

引き潮の浜にめざめし輝きはうすき写真に封じて床に　　直子

例えばこんなふうに。覗く↓椅子↓写真と共通の一語がつみとられて次の歌に繫がっています。相手の歌（言葉）にインスパイアされて、新しい歌（言葉）を生みだす。言葉で言葉を掘っていくとき、やたらと張りきっている自分に驚いてしまう。普段はのんびりしている状態が多いのに、そのときはらんらんと興奮して、燃えている。相手のなにかをみつけて、自分の中にとりいれて、新しいなにかを発見していく。それは、また相手の中へ入ってゆく。恋をしているときみたいに。楽しかったな。

メール交換で作った歌が、編集の二宮由佳さんの斬新な企画力によって、連歌的な味を残しつつも、全く新しいかたちの詩的コラボレーションとして、生まれ変わることができました。

……かもしれない、ひと夏の物語。

長い長い時間をかけてあたためていたものが、やっとできあがりました。

ふたりの言葉のあいだに生まれた世界を楽しんでいただけたら、とてもうれしいです。

東　直子

二〇〇三年六月六日

自作解説

1　遠くから来る自転車を

❈私は毎日のように自転車を使っているのですが、季節のよいとき、特に春に乗るのが好きです。力が充ちているけれど、はかない春に。

二人の出会いにあたるこの章は、最後まで悩みました。自転車の歌を冒頭に置こうということは、早い段階で意見が一致したのですが、第一稿では、今収められているものとは、全く違う二人の出会いを書いた気がします。

穂村さんの散文の中に「回転ドア」という言葉が出たとき、彼が描こうとしている人物が、具体的に見えてきた気がしました。そして、この人物に魅かれていく人の心が動きはじめたのです。

✣ふたりの出会いを描くのが難しかった。恋に墜ちる相手とのファーストコンタクトってどういうものなのか、考えれば考えるほどよくわからなくて。今、改めて読み返してみると、東直子さんは相手の男のことを「回転ドアに入れないかわいそうな人がいた」と書き出している。これは現実の東さんの好みをけっこう素直に反映しているような気がする。彼女は同情が愛に変わるタイプなのだ。私はと云うと、悩んだ挙げ句に、嬉しそうに自転車に話しかけるような女の子を描いたのだが、やはり、そういうひとが好きなのだろうか。

2　青空くさいキスのはじまり

❈初めて、二人きりで出かけるということ。

仲良くなったばかりの、緊張と遠慮がまじった、どきどきする気持ちが、こんな「なんだかちぐはぐな会話」を生んでしまったのではないかな。でも、分かり合おうとする気持ちがお互いにあるから、言葉が自由でやさしい。

なんにも持たずにきた、と書いたときには、私はまだ春の空気を引きずっていたのだけれど、「青空くさいキス」と来たので、これはもう、夏のさかりだな、と思ったのでした。それも、海のそばで眺める、かんかんに晴れた夏空。

好きな人ができると一緒に海へ行きたくなってしまうのは、なぜなんだろう。お互いの身体の中に眠っている遠い記憶を、一緒に確かめたくなるからではないかと思ったりします。


✣初めてのデート（昼の部）である。青空。海。昼寝。風鈴。サイダー。相撲取りの手形。

ここで「ブルドッグ」を「ブルドック」に訂正するために、わざと前章の手紙では間違えさせている。限りなくどうでもいいような会話にしたかった。言葉がどうでもよければどうでもいいほど、ふたりが若く、恋は始まったばかりで、青空のような永遠に触れている、という感覚が強まるような気がしたのだ。

3　月を見ながら迷子になった

❖海にも行きたくなるけれど、遊園地にも行きたくなる。二人で「非現実」を体験するのが、ひどく楽しいのだと思います。

「非現実」といえば、「迷子」もそのバリエーションの一つ。意識的に行なえば、それは「逃避行」とか「かけおち」と呼ばれるものになるのだと思いますが、無意識のうちに知らない場所に二人で誘われてしまった「迷子」には、目に見えない力が働いているようで、たいそう憧れます。

あ、「永遠の迷子でいたい」と言わせていますね。

でも、男の方はそうでもなさそうです。交番を探しているし、氷を噛んでいるし、裸足でいることや名前をなくすことに、不安そうです。

✣初めてのデート（夜の部）である。月。終電。観覧車。メリーさんの羊。月見バーガー。かなり盛り上がってるけど、夜の観覧車のイメージは、数年後に出版された東さんの小説『長崎くんの指』にも飛び火して現れる。ふくらはぎのことをむこうずねだと信じていたのは、実際には学生時代の友人の吉村くん。「だって、すねのむこう側じゃないか」という彼の理屈をきいて、なるほど、と思ったので記憶していた。

4　恋人のあくび涙

✣女性側に「鍵」を渡す短歌があるから、ふたりは一緒に住み始めたってことになる。実際的にはセックスの章。「回転木馬泡を噴きつつ眼を剝いて静かに止まる夏の沸点」の歌はエクスタシーを暗示している。そう云ったら、当時の編集者にびっくりされた。

❈この章で、二人は初めて身体を重ねます。

感覚的な短歌で、体感していただけたら、と思い、散文は極力押さえ、詞書を添える程度にしました。

5　虹になんて謝らないわ

✣「喧嘩喧嘩セックス喧嘩それだけど好きだったんだこのボロい椅子」という東さんの歌が象徴的だと思うんだけど、セックスと並ぶ若者の愛の仕事として、この章ではふたりの喧嘩が描かれている。男女間の「目玉焼きに何をかけるか紛争」とか、「ノースリーブ着るな指令」とか、昔の記憶を蘇らせながら書いてみた。若い頃は互いにむちゃくちゃを云い合うエネルギーに充ちていたなあと思う。

❈好きになったばかりの頃というのは、相手の行動のすべてがよいものに映ってしまう、全肯定状態。でも、同じ行動が、ネガティブに感じられる瞬間がいつかきてしまう。

人間って、人間の心って、じわじわと腐ったりもするナマモノだから。

ここで二人は、何があったのか分かりませんが、そうとうな喧嘩をするようです。相手の狂気じみた反応が実に怖くて、結末の（暗転）が出てきたときは、この先どうなることか、と心配でした。

6 SHOCK RESISTANT

※一波乱あったあとのふたりのやりとりは、以前よりずっとおだやかでやさしげで、この章がいちばんほっとします。

一首目の「文字盤にじみ」は、悲しい気持ちをひきずっている感じを出したものです。私の文字盤は動いていないイメージでしたが、さまざまな「RESISTANT」の文字が輝く穂村さんの歌で生き返りました。

そういえば、穂村さんが当時身に付けていた時計には、ほんとうに赤い文字が時計の文字盤の上に浮かび上がっていたような。

一緒に何か食べたり、スリッパのまま抱き合ったり、背中に文字を書いたり。何気ない生活の一片を描くのは、しんみりと愉快です。

✣喧嘩のあとは仲直り。現実の自分は女性と激しい喧嘩をしたことが殆どないので、仲直りの経験にも乏しい。喧嘩がないと仲直りもできないわけだ。そう考えると、ちょっと淋しい気もする。私のテキストのなかでは「猫舌だなあってあきれる時間。猫ってほんとに猫舌なのかなって考える時間」ってとこがなんか好き。

7　うわごとで名前を呼んで

❈病気でうなされていますね。最初は相手だけかと思っていたら、どうやらうつしあっていたもよう。同じウィルスによる同じような身体のだるさを共有するのって、究極の共感だな、と思いました。

というわけで、病気をしているという設定で「うわごと」を書いているのです。が、うわごとを言っているという自覚がある分、案外いつもよりこの二人がまともに見えます。

✣病気と介抱の章。私は体温が低いせいか熱に弱くて、三十七度の後半になると完全に機能が停止してしまう。でも、熱が出るとふわふわして気持ちがいいとか、肩こりが治るとか、知人の女性たちからときどき発熱に関して肯定的な意見をきくことがあって、その感覚に驚く。私はひたすら苦しいだけだ。これって性差か、それとも個人差なのか。でも、うわごとで名前を呼ぶとか、呼ばれるとか、そういうのには憧れる。平熱で正気のときの呼び掛けよりも切実な感じがして。

8　が、生まれた日

✣プロポーズのシーンを書くのが難しくて緊張した。この時点で自分自身は未経験。そういう場面で男性がどう振る舞うのか、想像できなかったのだ。参考にしようと思って、経験者の東さんにそのときのことを尋ねたら、「……昔過ぎて忘れた」と云っていた。人生いろいろだ。

❈穂村さんは、プロポーズの場面を描くのに苦慮していたようですが、私はそれを受ける場面を描くのに苦慮しました。東さん、思い切りしあわせそうな短歌を作ってくださいね、と編集者に言われ、うなりました。いえ、あの、しあわせは苦手で……、と言いわけしつつ、このようになりました。あまり派手ではないですが、うれしい感じになったと思います。

9 空転の車輪

✣意識を失った人間や魂だけになった存在が、現世の愛するひととどんな風に交信するのか。こちらも未経験の状況で、誰かに訊いてみることもできない。考えているうちに、文字の並びが矢印のかたちになるとか、タイポグラフィックな表現に行き当たった。

❈相手の事故死によって断ち切られるようにおとずれる別れ。突然の孤独。小説や映画などで様々に描かれてきた状況ですが、ここでは省略された言葉の外側から滲むものに期待しました。相手がいなくなっても、ずっと続いていくと信じていた日常感覚は、どうしても残ってしまうのではないかな。穂村さんの描いた、魂が表示されたような文字の並びに、二人の関係を明日へとつなげたい気持ちと、昨日を呼び戻したい気持ちの両方が生まれました。

10　ささやいてください

❖どのくらい時間がたったんだろう。

相手の死を決して忘れるわけではなく、受け入れる、ということ。それは今日という日をいつくしむことなのだな、と思います。

過ぎてしまった時間は、消去されるのではなく、降り積もっていくということを噛みしめながら書きました。


✣最終章。終わり近くにあるのは「オセロで天使に負けた図」だ。「僕」が●、天使が○。天使はめちゃくちゃ強かった。エンディングの「遠くから来る自転車をさがしてた　春の陽、瞳、まぶしい、どなた」で最初に戻る。ふたりはまた生まれ変わって再会することになる。

解説　そんなに驚かないで

金原瑞人

ああ
首の血は
なんでもない
さっき蜘蛛の糸で切ったのです（「求愛者」）

穂村弘の詩集、『求愛瞳孔反射』（新潮社／河出文庫）。この詩集は、大のお気に入りで、しょっちゅうランダムに開いては読んでいた。いろんな詩がおさめられているんだけど、この詩集、恋の詩にかぎって妙に粘着性が高い。愛の詩にかぎって妙に浸透性が高い。

こんな詩を読みながら、反芻しながら、忘れてはまた読み返しながら、穂村弘って、短歌作らせてもうまいけど、詩を作らせてもうまいなあ、きっともてるんだろうな、などと思っていた。だいたい、こんな詩を送られたら、女の子はひとたまりも、ふたたまりもないはずだ。この詩をもらった女の子はメールの返信に、「〝ここにはいないぼくら〟はどこにいるのでしょう」なんて書いてくるにちがいない。いいな。

じつはこの詩集には一枚の花柄の便箋がはさんである。それにはブルーブラックのインクで四、五行の挨拶が書かれていて、最後に「2003’1’21　東直子」と署名がある。つまり、これは彼女からぼくへのプレゼントだったのだ（ちょっとだけ自慢）。

この文庫版のあとがきを書くために、著者ふたりの本をあさっていて、穂村弘の『求愛瞳孔反射』を取り上げたとき、ふと、考えた。そうか、この本をもらったとき、ふたりはすでに『回転ドアは、順番に』の関係にあったのだ。『回転ドア』の単行本の発行は2003’8だからね。なるほどなるほどと、なにを納得したのか不明なまま、ああ、そうだよねと、ひとりうなずいてしまった。

さて、そろそろ本編の話に移らなくちゃ。

これは穂村・東の恋愛詩歌往復書簡《メール》を一冊の本にまとめたもの（らしいが、ふたりが実際にどのような関係であったのかは、後の研究を待つほかない）。ともあれ、一読したときから、妙に後ろ髪を引かれて、ついつい何度も読み返してしまった。

最初、ゆるゆると相手の反応をみながら行き来する短歌は、おどおどしていて、かわいらしい。ところが、しばらくするうちに、いきなり加速し、加熱し、轟音をあげ、言葉を巻き上げ、きりきりと螺旋を描き始め、短歌と詩がせめぎ合う。

純白の輝く繭に包まれてねむりつづける〈出発時刻〉

きこえますか?
きこえてるよね。
あのね、空がね、今、台風でね。
でも、大丈夫、目がここにあるみたい。台風の目
(中略)
いかなきゃ、わたしたち。
起きて。

(いちばん近い消火器までの距離×虫歯の数)にて永遠に待つ

言葉言葉言葉言葉のつむぎあげる仮想宇宙の愛に不可能はない! 目を見張るほど斬新で奇妙

で切ない世界が広がっていく。こんな加速感、こんな浮遊感、こんな高揚感は、小説では決して味わえない。すごいなあと、感心する、あるいはあきれるほかない。作家よ、小説家よ、この作品を越える「サイバーラブ」の物語を書いてみろ！

それにしても妙でしかたないのは、この本、そのときそのときで、いいなと思う詩や短歌がかなりちがう。この往復書簡《メール》は、読むときと、読む人の気持ちによって、玉虫のように色も模様も変えてしまうらしい。もちろん、ほかの詩集や歌集を読むときにもこの現象は起こるけど、この作品は特別。

ふたりの思いがあやしく、熱く、しかし一定の距離を置いてせめぎ合っているのがそのまま、形になっているからかもしれない。両手に持つと、本自体がうごめいているような錯覚を覚えるほどだ（ちょっと大げさか）。

とか書きつつも、この本のなかでいちばん好きな歌のやりとりは、今も昔も変わらない。

俺の熱　俺のうわごと　俺の夢　サンダーバード全機不時着　（穂村弘）

うわごとで名前を呼んでくだされればゆきましたのよ電車にゆられ　（東直子）

この本が出た次の年、東直子の『愛を想う』（ポプラ社）が出た。こちらは、東直子・木内達朗の恋愛短歌イラスト往復書簡。このなかに、こんな短歌がある。

どんな未来もあなたに会えるためだから今は瞳を閉じて待つだけ

さて、「瞳孔」から「瞳」に収斂したところで、解説らしくもない解説はおしまいにしよう。

最後にもうひとつ書かせてもらうと、この作品、文庫になってよかったなと思う。この版型、この文字、この表紙、内容にぴったりだと思うのだ。

本書は二〇〇三年八月、全日出版より刊行された。

沈黙博物館　小川洋子

「形見じゃ」老婆は言った。死の完結を阻止するために形見が盗まれる。死者が残した断片をめぐるやさしくスリリングな物語。（堀江敏幸）

星間商事株式会社社史編纂室　三浦しをん

二九歳「腐女子」川田幸代、社史編纂室所属。恋の行方も友情の行方も五里霧中。仲間と共に「同人誌」を武器に社の秘められた過去に挑む!?（金田淳子）

通天閣　西加奈子

このしょーもない世の中に、救いようのない人生に、ちょっぴり暖かい灯を点す驚きと感動の物語。第24回織田作之助賞大賞受賞作。（津村記久子）

この話、続けてもいいですか。　西加奈子

ミッキーこと西加奈子の目を通すと世界はワクワク、ドキドキ輝く。いろんな人、出来事、体験がてんこ盛りの豪華エッセイ集!（中島たい子）

水辺にて　梨木香歩

川のにおい、風のそよぎ、木々や生き物の息づかい。カヤックで水辺に漕ぎ出すと見えてくる世界を、物語の予感いっぱいに語るエッセイ。（酒井秀夫）

ピスタチオ　梨木香歩

棚（たな）がアフリカを訪れたのは本当に偶然だったのか。不思議な出来事の連鎖から、水と生命の壮大な物語「ピスタチオ」が生まれる。（管啓次郎）

冠・婚・葬・祭　中島京子

人生の節目に、起こったこと、出会ったひと、考えたこと。冠婚葬祭を切り口に、鮮やかな人生模様が描かれる。第143回直木賞作家の代表作。（瀧井朝世）

図書館の神様　瀬尾まいこ

赴任した高校で思いがけず文芸部顧問になってしまった清（きよ）。そこでの出会いが、その後の人生を変えてゆく。鮮やかな青春小説。（山本幸久）

僕の明日を照らして　瀬尾まいこ

中2の隼太に新しい父が出来た。優しい父はしかしDVする父でもあった。この家族を失いたくない！隼太の闘いと成長の日々を描く。（岩宮恵子）

君は永遠にそいつらより若い　津村記久子

22歳処女。いや「女の童貞」と呼んでほしい――。日常の底に潜むうっすらとした悪意を独特の筆致で描く。第21回太宰治賞受賞作。（松浦理英子）

アレグリアとは仕事はできない　津村記久子

彼女はどうしようもない性悪だった。すぐ休み単純労働をバカにし男性社員に媚を売る。大型コピー機とミノベとの仁義なき戦い！（千野帽子）

こちらあみ子　今村夏子

太宰治賞と三島由紀夫賞、ダブル受賞を果たした異才、衝撃のデビュー作。3年半ぶりの書き下ろし「チズさん」を収録。（町田康／穂村弘）

すっぴんは事件か？　姫野カオルコ

女性用エロ本におけるオカズ職業は？　本当の小悪魔とはどんなオンナか？　世間にはびこる甘ったれた「常識」をほじくり鉄槌を下すエッセイ集。

絶叫委員会　穂村弘

町には、偶然生まれては消えてゆく無数の詩が溢れている。不合理でナンセンスで真剣だからこそ可笑しい、天使的な言葉たちへの考察。（南伸坊）

ねにもつタイプ　岸本佐知子

何となく気になることにこだわる、ねにもつ。思索、奇想、妄想はばたく脳内ワールドをリズミカルな名短文でつづる。第23回講談社エッセイ賞受賞。

杏のふむふむ　杏

連続テレビ小説「ごちそうさん」で国民的な女優となった杏が、それまでの人生を、人との出会いをテーマに描いたエッセイ集。（村上春樹）

うれしい悲鳴をあげてくれ　いしわたり淳治

作詞家、音楽プロデューサーとして活躍する著者の小説＆エッセイ集。彼が「言葉」を紡ぐと誰もが楽しめる「物語」が生まれる。（鈴木おさむ）

つむじ風食堂の夜　吉田篤弘

それは、笑いのこぼれる夜。――食堂は、十字路の角にぽつんとひとつ灯をともしていた。クラフト・エヴィング商會の物語作家による長篇小説。

小路幸也少年少女小説集　小路幸也

「東京バンドワゴン」で人気の著者による子供たちを主人公にした作品集。多感な少年期の姿を描き出す。単行本未収録作を多数収録。文庫オリジナル。

包帯クラブ　天童荒太

傷ついた少年少女達は、戦わないかたちで自分達の大切なものを守ることにした。生きがたいと感じるすべての人に贈る長篇小説。大幅加筆して文庫化。

尾崎翠集成（上・下）　尾崎翠／中野翠 編

鮮烈な作品を残し、若き日に音信を絶った謎の作家・尾崎翠。時間と共に新たな輝きを加えてゆくその文学世界を集成する。

クラクラ日記　坂口三千代

戦後文壇を華やかに彩った無頼派の雄・坂口安吾との、嵐のような生活を妻の座から愛と悲しみをもって描く回想記。巻末エッセイ＝松本清張

甘い蜜の部屋　森茉莉

天使の美貌、無意識の媚態。薔薇の蜜で男たちを溺れ死なせていく少女モイラと父親の濃密な愛の部屋。稀有なロマネスク。（矢川澄子）

貧乏サヴァラン　森茉莉／早川暢子 編

オムレット、ボルドオ風茸料理、野菜の牛酪煮……。食いしん坊茉莉は料理自慢。香り豊かな〝茉莉ことば〟で綴られる垂涎の食エッセイ。文庫オリジナル。

ことばの食卓　武田百合子／野中ユリ・画

なにげない日常の光景やキャラメル、枇杷など、食べものに関する昔の記憶と思い出を感性豊かな文章で綴ったエッセイ集。（種村季弘）

遊覧日記　武田百合子／武田花・写真

行きたい所へ行きたい時に、つれづれに出かけてゆく。一人で。または二人で。あちらこちらを遊覧しながら綴ったエッセイ集。（巖谷國士）

わたしは驢馬に乗って下着をうりにゆきたい　鴨居羊子

新聞記者から下着デザイナーへ。斬新で夢のある下着を世に送り出し、下着ブームを巻き起こした女性起業家の悲喜こもごも。（近代ナリコ）

神も仏もありませぬ　佐野洋子

還暦……もう人生おりたかった。でも春のきざしの蕗の薹に感動する自分がいる。意味なく生きても人は幸せなのだ。第3回小林秀雄賞受賞。（長嶋康郎）

問題があります　佐野洋子

中国で迎えた終戦の記憶から極貧の美大生時代、読まずにいられない本の話など。単行本未収録作品を追加した、愛と笑いのエッセイ集。（長嶋有）

老いの楽しみ　沢村貞子

八十歳を過ぎ、女優引退を決めた著者が、日々の思いを綴る。齢にさからわず、「なみ」に、気楽に、と過ごす時間に楽しみを見出す。（山崎洋子）

色を奏でる　志村ふくみ・文　井上隆雄・写真

色と糸と織——それぞれに思いを深めて織り続ける染織家にして人間国宝の著者の、エッセイと鮮かな写真が織りなす豊醇な世界。オールカラー。

遠い朝の本たち　須賀敦子

一人の少女が成長する過程で出会い、愛しんだ文学作品の数々を、記憶に深く残る人びとの想い出とともに描くエッセイ。（末盛千枝子）

性分でんねん　田辺聖子

あわれにもおかしい人生のさまざま、また書物の愉しみのあれこれ。硬軟自在の名手、お聖さんの切口がますます冴えるエッセー。（氷室冴子）

「赤毛のアン」ノート　高柳佐知子

アンの部屋の様子、グリーン・ゲイブルズの自然、アヴォンリーの地図など、アン心酔の著者がカラー絵と文章で紹介。書き下ろしを増補しての文庫化。

おいしいおはなし　高峰秀子編

向田邦子、幸田文、山田風太郎……著名人23人の美味な思い出。文学や芸術にも造詣が深かった往年の大女優・高峰秀子が厳選した珠玉のアンソロジー。

うつくしく、やさしく、おろかなり　杉浦日向子

生きることを楽しもうとしていた江戸人たち。彼らの紡ぎ出した文化にとことん惚れ込んだ著者がその思いの丈を綴った最後のラブレター。（松田哲夫）

るきさん　高野文子

のんびりしていてマイペース、だけどどっかヘンテコな、るきさんの日常生活って？　独特な色使いが光るオールカラー。ポケットに一冊どうぞ。

それなりに生きている　群ようこ

日当たりの良い場所を目指して仲間を蹴落とすカメ、迷子札をつけているネコ、自己管理している犬。文庫化に際し、二篇を追加して贈る動物エッセイ。

玉子ふわふわ　早川茉莉編

国民的な食材の玉子、むきむきで抱きしめたい！　森茉莉、武田百合子、吉田健一、山本精一、宇江佐真理ら37人が綴る玉子にまつわる悲喜こもごも。

なんたってドーナツ　早川茉莉編

貧しかった時代の手作りおやつ、日曜学校で出合った素敵なお菓子、毎朝宿泊客にドーナツを配るホテル、哲学させる穴……。文庫オリジナル。

ぼくは散歩と雑学がすき　植草甚一

1970年、遠かったアメリカ。その風俗、映画、本、音楽から政治までをフレッシュな感性と膨大な知識、貪欲な好奇心で描き出す代表エッセイ集。

こんなコラムばかり新聞や雑誌に書いていた　植草甚一

ヴィレッジ・ヴォイスから筒井康隆まで夜を徹して読書三昧。大評判だった中間小説研究も収録したJ・J式ブックガイドで「本の読み方」を大公開！

快楽としての読書　日本篇　丸谷才一

読めば書店に走りたくなる最高の読書案内。小説からエッセー、詩歌、批評まで、丸谷書評の精髄を集めた魅惑の20世紀図書館。（湯川豊）

快楽としての読書　海外篇　丸谷才一

ホメロスからマルケス、クンデラ、カズオ・イシグロ、そしてチャンドラーまで、古今の海外作品を熱烈に推薦する20世紀図書館第二弾。（鹿島茂）

みみずく偏書記　由良君美

才気煥発で博識、愛書家で古今東西の書物に通じた著者が、書狼に徹し書物を漁りながら、読書の醍醐味を多面的に物語る。（富山太佳夫）

素湯《さゆ》のような話　岩本素白　早川茉莉編

暇さえあれば独り街を歩く、路地裏に入り思わぬ発見をする。自然を愛でる心や物を見る姿勢は静謐な文章となり心に響く。（伴悦／山本精一）

旅に出る　ゴトゴト揺られて本と酒　椎名誠

旅の読書は、漂流モノと無人島モノと一点こだわりガンコ本！　本と旅とそれから派生していく自由な思いのつまったエッセイ集。（竹田聡一郎）

昭和三十年代の匂い　岡崎武志

テレビ購入、不二家、空地に土管、トロリーバス、くみとり便所、少年時代の昭和三十年代の記憶をたどる。巻末に岡田斗司夫氏との対談を収録。

本と怠け者　荻原魚雷

日々の暮らしと古本を語り、古書に独特の輝きを与えた「ちくま」好評連載「魚雷の眼」を、一冊にまとめた文庫オリジナルエッセイ集。（岡崎武志）

増補版　誤植読本　高橋輝次編著

本と誤植は切っても切れない!?　恥ずかしい打ち明け話や、校正をめぐるあれこれなど、作家たちが本音を語り出す。作品42篇収録。（堀江敏幸）

パンツの面目ふんどしの沽券　米原万里
キリストの下着はパンツか腰巻か？　幼い日にめばえた疑問を手がかりに、人類史上の謎に挑んだ、抱腹絶倒&禁断のエッセイ。（井上章一）

ひと皿の記憶　四方田犬彦
諸国を遍歴した著者が、記憶の果てにぼんやりと光るひと皿をたぐりよせ、追憶の味（あるいは、はたせなかった憧れの味）を語る。書き下ろしエッセイ。

妊娠小説　斎藤美奈子
『舞姫』から『風の歌を聴け』まで、望まれない妊娠を扱った一大小説ジャンルが存在している——意表をついた指摘の処女評論。（金井景子）

趣味は読書。　斎藤美奈子
気鋭の文芸評論家がベストセラーを読む。『大河の一滴』から『えんぴつで奥の細道』まで、目から鱗の分析がいっぱい。文庫化にあたり大幅加筆。

あんな作家 こんな作家 どんな作家　阿川佐和子
聞き上手の著者が松本清張、吉行淳之介、田辺聖子、藤沢周平ら57人に取材した。その鮮やかな手口に思わず作家は胸の内を吐露。（清水義範）

向田邦子との二十年　久世光彦
あの人は、あり過ぎるくらいあった始末におえない胸の中のものを誰にだって、一言も口にしない人だった。時を共有した二人の世界。（新井信）

「下り坂」繁盛記　嵐山光三郎
人の一生は、「下り坂」をどう楽しむかにかかっている。真の喜びや快感は「下り坂」にあるのだ。あちこちにガタがきても、愉快な毎日が待っている。

笑う子規　正岡子規＋天野祐吉＋南伸坊
「弘法は何と書きしぞ筆始」「猫老て鼠もとらず置火燵」。天野さんのユニークなコメント、南さんの豪快な絵を添えて贈る愉快な子規句集。（関川夏央）

将棋 自戦記コレクション　後藤元気編
対局者自身だからこそ語りえる戦いの機微と将棋の深み。巨匠たち、トップ棋士の若き日からアマチュア強豪までを収録。文庫オリジナルアンソロジー。

将棋エッセイコレクション　後藤元気編
プロ棋士、作家、観戦記者からウェブ上での書き手まで——「言葉」によって、将棋をより広く、深く、鮮やかに楽しむ可能性を開くための名編を収録。

こころ　夏目漱石

友を死に追いやった「罪の意識」によって、ついには人間不信にいたる悲惨な心の暗部を描いた傑作。詳しく利用しやすい語注付。（小森陽一）

美食倶楽部　谷崎潤一郎大正作品集　種村季弘編

表題作をはじめ耽美と猟奇、幻想と狂気……官能的な文体によるミステリアスなストーリーの数々。大正期谷崎文学の初の文庫化。種村季弘編で贈る。

三島由紀夫レター教室　三島由紀夫

五人の登場人物が巻き起こす様々な出来事を手紙で綴る。恋の告白・借金の申し込み・見舞状等、一風変ったユニークな文例集。（群ようこ）

命売ります　三島由紀夫

自殺に失敗し、「命売ります。お好きな目的にお使い下さい」という突飛な広告を出した男のもとに、現われたのは？（種村季弘）

方丈記私記　堀田善衞

中世の酷薄な世相を覚めた眼で見続けた鴨長明。その人間像を自己の戦争体験に照らして語りつつ現代日本文化の深層をつく。巻末対談＝五木寛之

小説 永井荷風　小島政二郎

荷風を熱愛し、「十のうち九までは礼讃の誠を連ねた中に、ホンの一つ」批判を加えたことで終生の恨みをかってしまった作家の傑作評伝。（加藤典洋）

てんやわんや　獅子文六

戦後のどさくさに慌てふためくお人好し犬丸順吉は社長の特命で四国へ身を隠すが、そこは想像もつかない楽園だった。しかしそこは……。（平松洋子）

娘と私　獅子文六

文豪、獅子文六が作家としても人間としても激動の時間を過ごした昭和初期から戦後、愛娘の成長とともに自身の半生を描いた亡き妻に捧げる自伝小説。

江分利満氏の優雅な生活　山口瞳

卓抜な人物描写と世態風俗の鋭い観察によって昭和一桁世代の悲喜劇を鮮やかに描き、高度経済成長期前後の一時代をくっきりと刻む。（小玉武）

落穂拾い・犬の生活　小山清

明治の匂いの残る浅草に育ち、純粋無比の作品を遺して短い生涯を終えた小山清。いまなお新しい、清らかな祈りのような作品集。（三上延）

せどり男爵数奇譚　梶山季之

せどり＝掘り出し物の古書を安く買って高く転売することを業とすること。古書の世界に魅入られた人々を描く傑作ミステリー。（永江朗）

川三部作 泥の河／螢川／道頓堀川　宮本輝

太宰賞「泥の河」、芥川賞「螢川」、そして「道頓堀川」と、川を背景に独自の抒情をこめて創出した、宮本文学の原点をなす三部作。

私小説 from left to right　水村美苗

12歳で渡米し滞在20年目を迎えた「美苗」。アメリカにも溶け込めず、今の日本にも違和感を覚え……。本邦初の横書きバイリンガル小説。

ラピスラズリ　山尾悠子

言葉の海が紡ぎだす、〈冬眠者〉と人形と、春の目覚めの物語。不世出の幻想小説家が20年の沈黙を破り発表した連作長篇。補筆改訂版。（千野帽子）

増補 夢の遠近法　山尾悠子

「誰かが私に言ったのだ／世界は言葉でできていると」。誰も夢見たことのない世界が、ここではじめて言葉になった。新たに二篇を加えた増補決定版。

兄のトランク　宮沢清六

兄・宮沢賢治の生と死をそのかたわらでみつめ、兄の死後も烈しい空襲や散佚から遺稿類を守りぬいてきた実弟が綴る、初のエッセイ集。

真鍋博のプラネタリウム　真鍋博　星新一

名コンビ真鍋博と星新一。二人の最初の作品『おーい　でてこーい』他、星作品に描かれた挿絵と小説冒頭をまとめた幻の作品集。（真鍋真）

鬼譚　夢枕獏編著

夢枕獏がジャンルにとらわれず、古今の「鬼」にまつわる作品を蒐集した傑作アンソロジー。坂口安吾、手塚治虫、山岸凉子、筒井康隆、馬場あき子、他。

茨木のり子集 言の葉（全3冊）　茨木のり子

しなやかに凜と生きた詩人の歩みの跡を、詩とエッセイで編んだ自選作品集。単行本未収録の作品なども収め、魅力の全貌をコンパクトに纏める。

言葉なんかおぼえるんじゃなかった　田村隆一・語り　長薗安浩・文

戦後詩を切り拓き、常に詩の最前線で活躍し続けた伝説の詩人・田村隆一が若者に向けて送る珠玉のメッセージ。代表的な詩25篇も収録。（穂村弘）

ちくま日本文学（全40巻）　ちくま日本文学
小さな文庫の中にひとりひとりの作家の宇宙がつまっている。一人一巻、全四十巻。何度読んでも古びない作品と出逢う、手のひらサイズの文学全集。

ちくま文学の森（全10巻）　ちくま文学の森
最良の選者たちが、古今東西を問わず、あらゆるジャンルの作品の中から面白いものだけを基準に選んだ、伝説のアンソロジー、文庫版。

ちくま哲学の森（全8巻）　ちくま哲学の森
「哲学」の狭いワク組みにとらわれることなく、あらゆるジャンルの中からとっておきの文章を厳選。新鮮な驚きに満ちた文庫版アンソロジー集。

宮沢賢治全集（全10巻）　宮沢賢治
『春と修羅』、『注文の多い料理店』はじめ、賢治の全作品及び異稿を、綿密な校訂と定評ある本文によって贈る話題の文庫版全集。書簡など2巻増巻。

芥川龍之介全集（全8巻）　芥川龍之介
確かな不安を漠然とした希望の中に生きた芥川の全貌。名手の名をほしいままにした短篇から、日記、随筆、紀行文までを収める。

梶井基次郎全集（全1巻）　梶井基次郎
「檸檬」「泥濘」「桜の樹の下には」「交尾」をはじめ、習作・遺稿を全て収録し、梶井文学の全貌を伝える。一巻に収めた初の文庫版全集。（高橋英夫）

夏目漱石全集（全10巻）　夏目漱石
時間を超えて読みつがれる最大の国民文学を、10冊に集成して贈る画期的な文庫版全集。全小説及び小品、評論に詳細な注・解説を付す。

太宰治全集（全10巻）　太宰治
第一創作集『晩年』から太宰文学の総結算ともいえる『人間失格』、さらに『もの思う葦』ほか随想集も含め、清新な装幀でおくる待望の文庫版全集。

中島敦全集（全3巻）　中島敦
昭和十七年、一筋の光のように登場し、二冊の作品集を残してまたたく間に逝った中島敦——その代表作から書簡までを収め、詳細小口注を付す。

山田風太郎明治小説全集（全14巻）　山田風太郎
これは事実なのか？　フィクションか？　歴史上の人物と虚構の人物が明治の東京を舞台に繰り広げる奇想天外な物語。かつ新時代の裏面史。

名短篇、ここにあり　北村薫／宮部みゆき編

読み巧者の二人の議論沸騰し、選びぬかれたお薦め小説12篇。となりの宇宙人／冷たい仕事／隠し芸の男／少女架刑／あしたの夕刊／網／誤訳ほか。

名短篇、さらにあり　北村薫／宮部みゆき編

小説って、やっぱり面白い。人間の愚かさ、不気味さ、人情が詰まった奇妙な12篇。華燭／骨／雲の小径／押入の中の鏡花先生／不動図／鬼火／家霊ほか。

読まずにいられぬ名短篇　北村薫／宮部みゆき編

松本清張のミステリを倉本聰が時代劇に⁉　あの作家の知られざる逸品からオチの読めない怪作まで厳選の18作。北村・宮部の解説対談付き。

教えたくなる名短篇　北村薫／宮部みゆき編

宮部みゆきを驚嘆させた、時代に埋もれた名作家・長谷川修の世界とは？　人生の悲喜こもごもが詰まった珠玉の13作。北村・宮部の解説対談付き。

世界幻想文学大全
幻想文学入門　東雅夫編著

幻想文学のすべてがわかるガイドブック。澁澤龍彦、中井英夫、カイヨワ等の幻想文学案内のエッセイも収録し、資料も充実。初心者も通も楽しめる。

世界幻想文学大全
怪奇小説精華　東雅夫編

ルキアノスから、デフォー、メリメ、ゴーチエ、ゴーゴリ……時代を超えたベスト・オブ・ベスト。岡本綺堂、芥川龍之介等の名訳も読みどころ。

日本幻想文学大全
幻妖の水脈　東雅夫編

『源氏物語』から小泉八雲、泉鏡花、江戸川乱歩、都筑道夫……。妖しさ蠢く日本幻想文学、ボリューム満点のオールタイムベスト。

日本幻想文学大全
幻視の系譜　東雅夫編

世阿弥の謡曲から、小川未明、夢野久作、宮沢賢治、中島敦、吉村昭……。幻視の閃きに満ちた日本幻想文学の逸品を集めたベスト・オブ・ベスト。

60年代日本SFベスト集成　筒井康隆編

「日本SF初期傑作集」とでも副題をつけるべき作品集である（編者）。二十世紀日本文学のひとつの里程標となる歴史的アンソロジー。（大森望）

70年代日本SFベスト集成1　筒井康隆編

日本SFの黄金期の傑作を、同時代にセレクトした記念碑的アンソロジー。SFに留まらず「文学の新しい可能性」を切り開いた作品群。（荒巻義雄）

ちくま文庫

回転《かいてん》ドアは、順番《じゅんばん》に

二〇〇七年十一月十日　第一刷発行
二〇一七年十一月三十日　第七刷発行

著　者　穂村　弘（ほむら・ひろし）
　　　　東　直子（ひがし・なおこ）
発行者　山野浩一
発行所　株式会社　筑摩書房
東京都台東区蔵前二―五―三　〒一一一―八七五五
振替〇〇一六〇―八―四一二三
装幀者　安野光雅
印刷所　三松堂印刷株式会社
製本所　三松堂印刷株式会社
乱丁・落丁本の場合は、左記宛にご送付下さい。
送料小社負担でお取り替えいたします。
ご注文・お問い合わせも左記へお願いします。
筑摩書房サービスセンター
埼玉県さいたま市北区櫛引町二―六〇四　〒三三一―八五〇七
電話番号　〇四八―六五一―〇〇五三

Printed in Japan
ISBN978-4-480-42388-7 C0192